AF321093

ADOLPHE BERNARD

IL N'Y A PAS

DE

FEU SANS FUMÉE

PARIS

ALPHONSE LEMERRE, ÉDITEUR

27-29, PASSAGE CHOISEUL, 27-29

1874

ADOLPHE BERNARD

IL N'Y A PAS

DE

FEU SANS FUMÉE

PARIS

ALPHONSE LEMERRE, ÉDITEUR

27-29, PASSAGE CHOISEUL, 27-29

1874

A mon Frère Hector

IL N'Y A PAS

DE FEU SANS FUMÉE

L'habitude est, dit-on, comme une autre nature,
Et l'homme, en se créant d'impérieux besoins,
Peut, à certains moments, ou devenir parjure,
Ou paraître un Samson sans cheveux, tout au moins.

Et je le veux prouver par un fait authentique :
En mil huit cent trente-un, demeurait au Marais
Un honnête bourgeois, ayant tenu boutique,
Vivant de ses écus, mangeant bien, buvant frais,
Se souciant fort peu d'être chez lui le maître,
Laissant sa femme aller, venir et décider.
Il ne demandait rien que de se voir renaître
Dans un petit-fils, si Dieu voulait l'accorder ;

Car ils n'avaient jamais eu de leur mariage
Que Gabrielle, qui comptait dix-huit printemps,
Et Madame savait qu'elle avait passé l'âge
Où l'on peut espérer du Ciel d'autres enfants

Lors, on leur présenta comme un parti sortable,
Ayant ce qu'il fallait pour faire un bel époux,
Un grand garçon bien fait, d'aspect fort agréable,
De conduite exemplaire et de l'air le plus doux.
La mère bat tous les buissons, partout s'informe,
Ne trouve nulle part fâcheux renseignement.
Le père avait été consulté pour la forme.
Un pudique incarnat fut le consentement
De Gabrielle. Et le futur, suivant l'usage,
Précédé d'un bouquet, sans manquer un seul jour,
Modeste et bien soumis comme un tout jeune page,
Faisait soir et matin ce qu'on nomme la cour

On rédigeait déjà chez monsieur le notaire
Le grimoire usuel ; tout était convenu,
Lorsque le gendre, un soir, par madame la mère
Fut pour un entretien, à huis clos, retenu :
« Mon ami, vous fumez, j'en suis sûre, dit-elle.

— Mais sans doute, et pourquoi me le demandez-vous?
— C'est que vous ne sauriez épouser Gabrielle!
Renoncez au cigare, ou tout cesse entre nous.
— Ce n'est pas sérieux, car je pourrais vous dire
« Vous ne m'avez jamais fait cette question
« Comment! quand c'est demain, vous savez, qu'on doit lire
« Notre contrat, que vient cette condition? »

— Je suis femme de tête, on le dit, je m'en flatte
Je savais n'obtenir cette concession
Que d'un amant épris. J'ai fixé cette date
Bien à dessein pour ma communication.

— Mais c'est admis partout, mais c'est une coutume;
Nous sommes pour le moins deux cent mille à Paris,
Nous payons cent millions, car tout le monde fume,
Et le Gouvernement n'est debout qu'à ce prix
— Mon très-cher, que cela vous semble ou non étrange,
Nous ne supporterons pas cette affreuse odeur.
Que le Gouvernement, comme il l'entend, s'arrange,
Jamais il n'est entré chez nous aucun fumeur;
Il n'en entrera pas, et, je vous le répète,
Je vois que j'aurais eu tort de parler trop tôt,

Le cigare est proscrit, pas une cigarette .
C'est mon ultimatum, c'est notre dernier mot »

Jamais on n'avait vu chose plus singulière.
De rage et de douleur, le gendre, frémissant,
Commença par vouer sa chère belle-mère
Aux démons de l'Enfer, aux flammes de Satan
Puis il se dépêcha d'allumer un cigare,
D'en allumer un autre et de le mâchonner,
Sacrant comme un païen, marchant sans crier gare,
Pestant, jurant tout haut de ne pas retourner
Chez des sots, des Hurons, chez des anthropophages,
Chez des gens étrangers à toute notion :
« Car enfin, criait-il, ils fument, les sauvages!
Pouvais-je soupçonner cette aberration ?
N'est-il pas un moyen d'arranger cette affaire ?
Se dit le malheureux, errant toute la nuit ;
Si j'allais cependant relancer mon beau-père ?
Après tout, il devrait être maître chez lui !
Mais non, j'en suis certain, ce serait inutile .
Sa femme me l'a dit, je le sais bel et bien,
Il se sauve toujours dans un cas difficile.
L'arrêt est prononcé, nous n'obtiendrions rien »

Puis alors à ses yeux apparut Gabrielle.

L'enfant semblait lui dire : « Et moi, vous m'oubliez !

Vous m'avez répété souvent que j'étais belle ;

Vous m'avez dit souvent, ami, que vous m'aimiez

— Oui, je t'aime, c'est vrai, chère petite femme,

Je suis un insensé, non, je n'hésite plus :

Demain, j'irai prêter le juro qu'on réclame,

Et que tous les fumeurs soient à l'instant pendus !

— Mon gendre, c'est parfait, vous êtes énergique,

Vous ne m'étonnez pas, je vous avais jugé, »

Dit la mère au jeune homme un peu mélancolique

Quand il vint déposer le serment exigé

Lorsque, huit jours après, il mit sa signature

Au bas de l'acte bien et dûment consommé,

Le héros de cette véridique aventure

Avait tenu parole : il n'avait pas fumé.

Le soir, sur le minuit, car c'est l'heure fatale,

La maman emmena sans bruit de chez Deffieux

La jeune épouse, ouvrit la chambre nuptiale,

Et lui fit, sans parler, les plus tendres adieux

L'enfant resta debout, tout émue et tremblante,

Essayant d'arrêter son cœur qui palpitait

Charme, désir, danger, elle était ignorante ;

L'amour allait parler, tout en elle écoutait

Elle dit : « Mon mari », dans un chaste sourire,

« Nous allons vivre seuls, nous allons être deux ;

Je saurai deviner toujours ce qu'il désire

Je n'attendrai jamais qu'il ait dit : « Je le veux. »

Je me sens à la fois et crainte et confiance ;

Ce qui se passe en moi ne se peut définir.

Si je le voyais là, j'aurais toute assurance,

Et cependant j'ai peur parce qu'il va venir. »

Le jeune homme parut ; ses yeux étaient de flamme.

Il marcha vivement, mais soudain s'arrêta,

Un combat intérieur se livrait dans son âme,

Baisa sa femme au front, et puis se retira

Était-ce donc un rêve ? Elle resta surprise,

Sentant à ses beaux yeux une larme perler.

Cette larme glissa, puis, roulant indécise,

Se perdit lentement dans ses fleurs d'oranger.

Aussitôt que l'Aurore eut entr'ouvert la porte

Au char du blond Phœbus qui mène le soleil,

La mère se souvint que c'était de la sorte,

Trente-cinq ans avant, à son petit réveil,

Qu'on avait procédé, selon l'antique usage,

Délaissé de nos jours, et l'agitation

Qui faisait soulever son opulent corsage

Témoignait clairement de son émotion.

Elle essaya de feindre une gaieté factice :

« Ton mari, chère enfant, me paraît matinal.

A quelle affaire donc fait-il le sacrifice

D'abandonner sitôt le chevet nuptial? »

Mais, en voyant les pleurs de la pauvre innocente,

La mère s'assombrit, le rire s'effaça.

Ne sachant que penser, debout et menaçante,

Le sourcil contracté sur son front se plissa.

Le soupçon la mordait. Quelle terrible épreuve

Aurait donc à subir sa malheureuse enfant?

Elle voyait sa fille à la fois vierge et veuve.

Que faire? A quel parti s'arrêter cependant?

« Puis-je l'interroger? Moi, ce n'est pas possible.

Mon mari? lui, jamais! D'ailleurs, s'il existait

Quelque mystère affreux, quelque accident horrible,

Il fallait enfouir ce secret, car c'était.....

Allons, c'est une erreur, effet de l'ignorance
Dans laquelle ma fille a vécu jusqu'alors.
Aurais-je donc eu tort de garder le silence
Sur les droits de l'époux? — Gabrielle, je sors.
Ton mari va venir. — Réponds, es-tu bien sûre
De n'avoir envers lui rien à te reprocher?
Un homme peut penser qu'on veut lui faire injure
Lorsqu'on paraît le fuir s'il veut se rapprocher.
—Moi! Grand Dieu! mais je puis bien jurer le contraire.
Moi! vouloir l'offenser! Moi, m'éloigner de lui!
Le Ciel me soit témoin qu'au lieu de me soustraire
A son moindre désir, j'aurais vite obéi.
— Bien! Tout n'est pas perdu, j'ai plutôt confiance.
Il faut qu'il trouve en toi la grâce et la douceur,
A tout ce qu'il voudra montrer obéissance,
Et savoir, s'il le faut, supporter la douleur »

Quand le jeune homme entra, la pauvrette timide,
Loin de lui reprocher le cruel abandon
Dont le chagrin voilait sa prunelle limpide,
Semblait de son époux implorer le pardon.
« Mais c'est moi, mon amour, ma femme, Gabrielle,
Qui suis un double fou, que dis-je, un triple sot

J'avais fait un serment, j'y veux être infidèle.

Vous allez tout savoir, à l'instant, d un seul mot :

Votre mère, au moment où nous allions conclure

Notre si doux lien, notre tendre union,

Me fit une défense . . A moins de forfaiture,

Il me faut respecter cette condition.

J'ai promis, j'ai juré : je vous voulais pour femme !

— Mais au moins, dites-moi quelle était cette loi

Que l'on vous imposait sous peine d'être infâme ?

Qui donc avait le droit d'engager votre foi ?

— On ne le devait pas, et tout mon sang s'allume,

Car je me suis laissé, pour certain, empaumer.

Ce que c'est ?... Eh, mon Dieu, depuis dix ans je fume,

Et voilà dix grands jours que je n'ai pu fumer !

Or, depuis tout ce temps, je suis triste et morose,

Je n'ai plus de vigueur, les nerfs sont affaissés ;

Je suis inerte enfin, et, sans aucune cause,

Je ne me trouve plus : les ressorts sont cassés.

— Eh bien ! mon tendre ami, ce n'est qu'un mauvais rêve.

Du serment qu'à maman vous avez dû prêter

Dans un moment d'erreur, c'est moi qui vous relève ;
Je vous veux tout entier : fumez sans hésiter. »

. . . .

. . . .

Le lendemain matin, l'épouse radieuse
Accourait à sa mère en lui tendant les bras :
« Maman, si tu savais comme je suis heureuse !
Mon mari m'aime bien, mais ne le gronde pas.
Il m'a tout raconté : cette folle promesse.
Il voulait la tenir, moi je n'ai pas voulu
Je sais d'où lui venaient son mal et sa faiblesse,
Pas plus qu'un seul cigare, et le charme est rompu

— Ah !... S'il en est ainsi, lui répondit sa mère,
Je veux à ce bonheur contribuer, enfants :
Achète des *londrès*. Tiens, voici trente francs :
Pour ton mari, dix francs, et.. vingt francs pour ton Père ! »

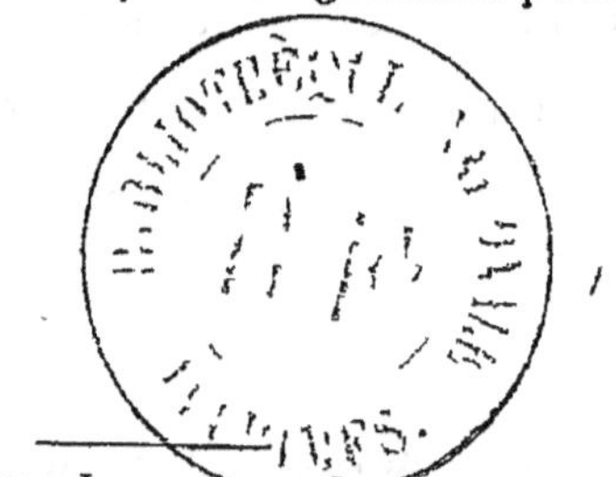

2111 — Paris, Imp. Jouaust, rue St-Honoré, 338

www.ingramcontent.com/pod-product-compliance
Lightning Source LLC
LaVergne TN
LVHW020432060726
842525LV00006B/2339